Всё про Деда Мороза и Снегурочку

МОСКВА
РОСМЭН
2017

УДК 821.161.1-1/-34-93
ББК 84(2Рос=Рус)
В841

В841 **Всё про Деда Мороза и Снегурочку** : стихи, сказки / З. Александрова, Л. Воронкова, М. Дружинина и др. ; худож. Е. Володькина, О. Громова, О. Дмитриева и др. — М. : РОСМЭН, 2017. — 128 с. : ил. — (Все лучшие сказки).

В сборник вошли стихи и сказки про самых любимых новогодних персонажей: Дедушку Мороза и Снегурочку. Книга с замечательными яркими иллюстрациями станет отличным подарком на Новый год, которому порадуется каждый ребенок.

ISBN 978-5-353-08433-4

УДК 821.161.1-1/-34-93
ББК 84(2Рос=Рус)

Стихи и песенки

М. Дружинина

***

Скоро, скоро к нам придёт
Долгожданный Новый год!
Пусть работа нелегка,
Слепим мы снеговика.

Снеговик готов! Ура!
Ёлку наряжать пора.
Ах, какие украшенья!
Ёлка — просто загляденье!

Вот и праздник! Дед Мороз
Столько нам всего привёз!
Хороши подарки наши!
Возле ёлочки попляшем
И поводим хоровод!
Лучший праздник — Новый год!

А. Усачёв

Посох Деда Мороза

Гуляя по лесу зимой,
Мороз поднимет посох —
И снег повиснет бахромой
На соснах и берёзах.

Бредёт вдоль речки старый дед.
Тихонько стукнет посохом:
И — снова чудо! — по воде
Пройдёт как будто посуху.

Придёт на праздник Дед Мороз
И посохом взмахнёт —
И миллионы ярких звёзд
Зажгутся в Новый год!

Н. Саконская

Зимний праздник

Ясный день, замечательный воздух!
Забирайте коньки — и на лёд!
Встретим там новогодний наш отдых,
Чтоб потом вспоминать целый год.

На санях хорошо!
На коньках хорошо!
И с горы хорошо прокатиться!
Но сейчас веселей,
В десять раз веселей
Возле ёлки играть и кружиться!

Серпантина бумажные стружки,
Извиваясь, над нами шуршат,
И, усевшись на самой верхушке,
Дед Мороз поздравляет ребят.
Ватный снег на иголках не тает,
Как сосульки, блестят леденцы.
Огоньков многоцветная стая,
Голосов молодых бубенцы…

На санях хорошо!
На коньках хорошо!
И с горы хорошо прокатиться!
Но сейчас веселей,
В десять раз веселей
Возле ёлки играть и кружиться!

П. Синявский

С Новым годом, господа человечки!

С Новым годом, господа человечки!
Звуки праздника скучать не дают —
Даже те, кто были тише овечки,
В нашем хоре новогоднем поют.
Столько песен у друзей и подружек,
Что порадуют они всю страну.

Столько вкусных пирожков
и ватрушек,
Что ни съесть их ни киту, ни слону.

Пусть под бабушкин рояль,
круг за кругом,
Водит Дедушка Мороз хоровод.
Пусть подарки из мешка друг
за другом
Достаёт и ребятне раздаёт.
Пусть не гаснут золотистые свечки,
Пусть сверкает фейерверк до утра.
Улыбайтесь, господа человечки!
С Новым годом, с новым
счастьем, ура!

З. Александрова

Дед Мороз

Шёл по лесу Дед Мороз
Мимо клёнов и берёз,
Мимо просек, мимо пней
Шёл по лесу восемь дней.

Он по бору проходил —
Ёлки в бусы нарядил.
В эту ночь под Новый год
Он ребятам их снесёт.
На полянках тишина,
Светит жёлтая луна.
Все деревья в серебре,
Зайцы пляшут на горе,
На пруду сверкает лёд,
Наступает Новый год.

Л. Воронкова

Зима

Наши окна кистью белой
Дед Мороз разрисовал.
Снегом полюшко одел он,
Снегом садик закидал.
Разве к снегу не привыкнем,
Разве в шубу спрячем нос?
Мы как выйдем да как крикнем:
— Здравствуй, Дедушка Мороз!
Нам кататься, веселиться!
Санки лёгкие — в разбег!
Кто промчится, будто птица,
Кто свернётся прямо в снег.
Снег пушистый мягче ваты,
Отряхнёмся, побежим.
Мы — весёлые ребята,
От мороза — не дрожим.

М. Пожарова

Заклинание Зимы

Разукрасилась Зима:
На уборе бахрома
Из прозрачных льдинок,
Звёздочек-снежинок.
Вся в алмазах, жемчугах,
В разноцветных огоньках,
Льёт вокруг сиянье,
Шепчет заклинанье:
— Лягте, мягкие снега,
На леса и на луга,
Тропы застелите,
Ветви опушите!
На окошках, Дед Мороз,
Разбросай хрустальных роз
Лёгкие виденья,
Хитрые сплетенья.
Зачаруй сердца людей
Красотой своих затей:
Пусть вникают взоры
В светлые узоры.
Ты, метелица, чуди,
Хороводы заводи,
Взвейся вихрем белым
В поле поседелом!
Спи, земля моя, усни,
Сны волшебные храни:
Жди, в парчу одета,
Нового рассвета!

З. Орлова

Новый год

Скоро, скоро Новый год!
Он торопится, идёт!
Постучится в двери к нам:
— Дети, здравствуйте, я к вам!

Праздник мы встречаем,
Ёлку наряжаем,
Вешаем игрушки,
Шарики, хлопушки…

Скоро Дед Мороз придёт!
Нам подарки принесёт —
Яблоки, конфеты…
Дед Мороз, ну где ты?!

Е. Тараховская

Дед Мороз

Он к бровям моим прирос,
Он залез мне в валенки.
Говорят, он Дед Мороз,
А шалит, как маленький!

Он испортил кран с водой
В нашем умывальнике.
Говорят, он с бородой,
А шалит, как маленький!

Он рисует на стекле
Пальмы, звёзды, ялики.
Говорят, ему сто лет,
А шалит, как маленький!

Г. Лагздынь

Мороз

Солнце лишь коснулось крыши,
Дед Мороз из дома вышел,
Заспешил Мороз к реке
С белым облаком в руке.
На дорожки, на тропинки,
Там, где были лужицы,
Дед Мороз кидает льдинки
И на льдинках кружится,
По реке скользит, морозит,
В ивы дышит сединой,
Снег кидает под полозья
Рукавицей ледяной,
А потом, схватив охапкой,
Насыпает на крыльцо,
Бьёт по стёклам мёрзлой шапкой,
Озорно пылит в лицо.
А догнать? Поди! Попробуй!
Заведёт Мороз в сугробы,
А в сугробах — терема.
Там живёт сама зима.

М. Клокова

Дед Мороз

Ночью в поле снег летучий,
Тишина.
В тёмном небе, в мягкой туче
Спит луна.
Тихо в поле. Тёмный, тёмный
Смотрит лес.
Дед Мороз, старик огромный,
С ёлки слез.
Весь он белый, весь в обновах,
Весь в звезда́х,
В белой шапке и в пуховых
Сапогах.
Вся в серебряных сосульках
Борода.
У него во рту свистулька
Изо льда.
Вышел в поле синеглазый
Дед Мороз.
Стал он сразу
Выше ёлок и берёз.
…Зашагал он в снеговую
Темноту,
Ледяную
Держит дудочку во рту,
И свистит себе холодным
ветерком.
В поле тихо. Белый снег лежит
Кругом.

Н. Некрасов

Мороз-воевода

Не ветер бушует над бором,
Не с гор побежали ручьи,
Мороз-воевода дозором
Обходит владенья свои.

Глядит — хорошо ли метели
Лесные тропы занесли,
И нет ли где трещины, щели,
И нет ли где голой земли?

Пушисты ли сосен вершины,
Красив ли узор на дубах?
И крепко ли скованы льдины
В великих и малых водах?

Идёт — по деревьям шагает,
Трещит по замёрзлой воде,
И яркое солнце играет
В косматой его бороде.

Забравшись на сосну большую,
По веточкам палицей бьёт
И сам про себя удалую,
Хвастливую песню поёт:

«Метели, снега и туманы
Покорны морозу всегда,
Пойду на моря-окияны —
Построю дворцы изо льда.

Задумаю — реки большие
Надолго упрячу под гнёт,
Построю мосты ледяные,
Каких не построит народ.

Где быстрые, шумные воды
Недавно свободно текли, —
Сегодня прошли пешеходы,
Обозы с товаром прошли…

Богат я, казны не считаю,
А всё не скудеет добро;
Я царство моё убираю
В алмазы, жемчу́г, серебро».

А. Усачёв

Почта Деда Мороза

За синим-синим лесом,
За дальней-дальней чащей
В краю огромных елей
и сказочных берёз
Висит почтовый ящик
От инея блестящий…
Написано на ящике:
«Дед Мороз».

У Дедушки Мороза
Немало дел серьёзных:
Он чудеса готовит,
которых мы так ждём…
Пока мы в сказку верим,
В его волшебный терем
Летит письмо на север
С почтовым снегирём.

Писем целые мешки
Носят под берёзу:
На деревню дедушке —
Дедушке Морозу.

Как северные птицы,
Летят всё время письма
От маленьких и взрослых
со всех концов Земли.
Расскажут письма эти,
О чём мечтают дети
И как весну и лето мы с вами провели.

За синим-синим лесом,
За дальней-дальней чащей
У Дедушки Мороза в окне не гаснет свет…
От всех детей на свете
Он письма получает
И будет счастлив получить от вас привет.

Детский сад

Дед Мороз пришёл к нам в сад.
Дед Мороз позвал ребят.

Борода бела, как вата,
И с подарками мешок.
Дед Мороз сказал: — Ребята!
Ну-ка, кто прочтёт стишок?

Мы в саду стихи учили:
Я учил, и брат учил.
Мы немедленно вскочили —
Я вскочил, и брат вскочил.

— Уронили мишку на пол!
— Раз, два, три, четыре, пять...
— Оторвали мишке лапу.
— Вышел зайчик погулять.

— Вдруг охотник выбегает...
— Всё равно его не брошу...
— Прямо в зайчика стреляет...
— Потому что он хороший!

И покуда мы читали
Эти грустные стихи,
Все ребята хохотали:
— Ха-ха-ха и хи-хи-хи.

А у дедушки от смеха
Отвалилась борода.
Так от нас он и уехал...
Вот какая ерунда!

П. Синявский

До чего же трудно ждать Новый год

Надоело мне шагать
Взад-вперёд.
До чего же трудно ждать
Новый год.

К нам с подарками идёт
Дед Мороз,
Только что он принесёт —
Вот вопрос.

Не подслушиваю я
Никогда,
Не подглядываю я
Никогда,
Но под ёлку мне хоть раз,
Хоть чуть-чуть
Очень хочется сейчас
Заглянуть.

Дед Мороз уже почти
У дверей,
Я прошу его прийти
Поскорей.
Надоело мне шагать
Взад-вперёд,
До чего же трудно ждать
Новый год!

К нам приехал Дед Мороз

На серебряной лошадке
К нам приехал Дед Мороз.
Он привёз нам шоколадки,
Он игрушки нам привёз.

И коньки с ботинками,
И стихи с картинками,
И цветные сказки,
И смешные маски.

Рыжей белочке и зайке
Он привёз по балалайке,
Петушку гармонику,
А гитару слонику.

Музыка старается,
Ёлка загорается,
И сверкают глазки
Из-под каждой маски.

— Эх, раз, ещё раз! —
Дед Мороз пустился в пляс.
Валенками топает,
Варежками хлопает.

— С Новым годом, зайчики!
С Новым годом, белочки!
С Новым годом, мальчики!
С Новым годом, девочки!

А. Усачёв

Снеговик

Шёл по городу пешком
Снеговик с большим мешком.

Всем принёс он по подарку:
Снежной бабе — снеговарку,
Чтоб варила холодцы,
Снегритятам — леденцы,
А Снегурочке — обновку:
Ярко-красную морковку!

Е. Тараховская

Я Снегурочку слепила

У подъезда, на площадке
Собрала я снег лопаткой.
Хоть не много снега было,
Я Снегурочку слепила.
В коридор поставила,
А она… растаяла!

В. Данько

Если кончится мороз

Если кончится мороз,
Снег растает белый,
Что же Дедушка Мороз,
Бедный, станет делать?

Побежит с него вода
Ручейками на пол,
С бороды его тогда
Тоже станет капать?

Добрый Дедушка Мороз,
Миленький, любименький!
Спрячься, Дедушка Мороз,
В нашем холодильнике!

А. Усачёв

Здравствуй, Дедушка Мороз!

Здравствуй, Дедушка Мороз!
Ты, наверное, замёрз:
День ходил по городу,
Отморозил бороду...

Нос клади на батарею.
Я сейчас тебя погрею!

Дед Мороз, кот и пёс

Дело было в Новый год.
Шёл по снегу старый кот.
— Стал я старым, — кот вздыхал. —
Никому не нужным стал.

На дворе трещал мороз.
Брёл по снегу старый пёс:
— Одряхлел я — и в дому
Стал не нужен никому.

Повстречались у ворот
Старый пёс и старый кот,
Подрожали, почихали
Да про старость повздыхали.
И вдвоём бредут аллеей —
Вместе вроде бы теплее…

Вот идут, повесив нос,
А навстречу — Дед Мороз
В белом облаке из пара:
— Это что ещё за пара?

Старый кот сказал уныло:
— Шерсть не греет, кровь остыла,
Я не ел уже три дня…
Люди выгнали меня!

И добавил пёс со вздохом:
— Старым быть ужасно плохо.

Улыбнулся Дед Мороз:
— Не грустите, кот и пёс,
Ведь и я давно немолод…
Чем дрожать в метель и холод,
Собирайтесь-ка со мной
И пойдём ко мне домой!

Пёс залаял и запрыгал,
Кот довольно замурлыкал:
— Мы с тобою попадём
В самый лучший в мире дом!

Дело было в Новый год.
Чудеса бывают… Вот!
Позабыв свои печали,
Вместе Новый год встречали
Старый-старый Дед Мороз,
Старый кот и старый пёс.

С. Погореловский

Добрый Дед Мороз

Ах, какой хороший,
Добрый Дед Мороз!
Ёлку нам на праздник
Из лесу принёс.

Огоньки сверкают,
Красный, голубой,
Хорошо нам, ёлка,
Весело с тобой!

Мы убрали ёлку
В праздничный наряд.
Огоньки на ветках
Весело горят.

Огоньки сверкают,
Красный, голубой,
Хорошо нам, ёлка,
Весело с тобой!

Каждый пусть у ёлки
Спляшет и споёт,
Весело мы вместе
Встретим Новый год!

Огоньки сверкают,
Красный, голубой,
Хорошо нам, ёлка,
Весело с тобой!

Л. Яхнин

Здравствуй и до свиданья!

По дороге снежной тройка
С бубенцами мчится,
И конями правит бойко
Молодой возница.

А ему навстречу сани,
В них в шубейке расписной
Старец с белыми усами,
С бородою ледяной.

Тучи по небу седому,
Снег летит, метель метёт.
Крикнул старец молодому:
— Здравствуй, здравствуй,
Новый Год!

По земле позёмка вьётся,
Пляшет снежный хоровод.
Молодец в ответ смеётся:
— До свиданья, Старый Год!

П. Синявский

У Дедушки Мороза горячая пора

У Дедушки Мороза
Здоровье хоть куда!
Его не испугают
Любые холода.
Пускай повсюду стужа,
А вовсе не жара —
У Дедушки Мороза
Горячая пора.

У Дедушки Мороза
Серьёзные дела —
Нужны для снежной бабы
Морковка и метла.
И новая ушанка
Из старого ведра —
У Дедушки Мороза
Горячая пора.

У Дедушки Мороза
Работа по душе,
Он нужен в каждом доме,
На каждом этаже.
Он дарит нам подарки,
А мы кричим «Ура!» —
У Дедушки Мороза
Горячая пора.

В. Степанов

Новогодняя ночь

Апельсины, мандарины —
Золотая кожура.
Спят игрушки, спит Ирина,
Потому что спать пора.

Но не спит, сидит под ёлкой,
Вышивает Дед Мороз.
Он у ёлки взял иголку,
Вдел в иголку свет от звёзд,
Тянет нить сквозь щёлку в шторах —
Всё окно уже в узорах.

Завтра Ира рано встанет
И увидит на окне:
Мчат серебряные сани
По серебряной стране.

С. Дрожжин

***

...Улицей гуляет
Дедушка Мороз,
Иней рассыпает
По ветвям берёз;
Ходит, бородою
Белою трясёт,
Топает ногою,
Только треск идёт,
Иль на окна дышит
Закоптелых хат
Да узоры пишет,
Глядя на ребят…

Е. Явецкая, И. Жуков

Внучка Снегурочка

Внучка Снегурочка
Очень нежна —
Сделана Дедом
Из снега она.

Не обижайте
Снегурочку-внучку —
Вмиг превратится
В белую тучку!

П. Синявский

Снегурочка — самая главная!

Первый праздник в новом году,
Я сижу на первом ряду,
А Снегурочка — самая главная
На концерте в детском саду.

На Снегурочке — мамина курточка
И сапожки на каблучках.
Даже в маминой шапке Снегурочка,
Даже в маминых новых очках!..

Я читаю стихи и пою,
А Снегурочку не узнаю.
И пускай только дома Снегурочка
Превратится в маму мою.

Е. Явецкая, И. Жуков

Дед Мороз недоросший

К нам стучался Дед Мороз.
До звонка он не дорос.
Ну, а я ещё пока
Не дорос и до замка.

Я не смог ему открыть.
Он — подарка подарить.
И остался старый год —
Вместо ёлки кактус!
Вот!

И, ей-богу, не совру —
Прыгнул Дед, как кенгуру!
Прыгнул вверх и позвонил…
Я проснулся.
И открыл.

Маскарад

Новогодний маскарад —
Ёлка.
Волков там изображал
Волка.
Зайцев там изображал
Зайца.
Должен Волков был за Зайцевым
Гнаться.

А кота изображал
Котов.
А крота изображал
Кротов,
А снеговика —
Снегов,
Он с ведром на голове
Бегал.

Лешим Лешев был
Дядя Паша.
А Снегурочкой —
Морозова Маша.
Только Дед Мороз
Отличался —
Миша Жаров им
Оказался.

Ю. Энтин

Песенка Деда Мороза

(Из м/ф «Дед Мороз и лето»)

Весь год трудился я не зря,
Пора в дорогу мне!
Последний лист календаря
Остался на стене.
} 2 раза

Чтоб ёлочка под Новый год
Надела свой наряд,
Игрушки я беру в поход —
Подарки для ребят.
} 2 раза

Гостил я летом у ребят
И видел наяву
Зелёный лес, зелёный сад,
Зелёную траву.
} 2 раза

Меня в дороге солнце жгло,
Я таял от жары.
На север я везу тепло,
Улыбки детворы.
} 2 раза

Расскажи, Снегурочка...

(Из м/ф «Ну, погоди!»)

— Расскажи, Снегурочка, где была,
Расскажи-ка, милая, как дела.
— За тобою бегала, Дед Мороз,
Пролила немало я горьких слёз.

— А ну-ка, давай-ка, плясать выходи!
— Нет, Дед Мороз, нет, Дед Мороз,
Нет, Дед Мороз, погоди!

— Ждёт моих подарочков ребятня,
И тебе достанется от меня.
— Наконец сбываются все мечты,
Лучший мой подарочек — это ты!

— А ну-ка, давай-ка, плясать выходи!
— Нет, Дед Мороз, нет, Дед Мороз,
Нет, Дед Мороз, погоди!

Ну, Дед Мороз, ну, Дед Мороз,
Ну, Дед Мороз, погоди!

Песенка о лете

(Из м/ф «Дед Мороз и лето»)

Вот оно какое, наше лето,
Лето яркой зеленью одето,
Лето жарким солнышком согрето,
Дышит лето ветерком.

Припев:
Ля-ля-ля ля-ля-ля,
Ля-ля-ля-ля-ля ля-ля-ля-ля.
Ля-ля-ля ля-ля-ля,
Ля-ля-ля-ля-ля ля-ля!

На зелёной солнечной опушке
Прыгают зелёные лягушки,
И танцуют бабочки-подружки,
Расцветает всё кругом.

Мы в дороге с песенкой о лете,
Самой лучшей песенкой на свете,
Мы в лесу ежа, быть может, встретим,
Хорошо, что дождь прошёл.

Припев.

Мы покрыты бронзовым загаром,
Ягоды в лесу горят пожаром.
Лето это жаркое недаром,
Лето — это хорошо!

Припев.

Н. Скороденко

Олени

Из волшебной дальней северной страны
Трудно к нам добраться посреди зимы.
Целый месяц шёл бы Дедушка Мороз
И подарки детям он бы не принёс!

Но его олени вскачь по облакам
Сани золотые вмиг доставят к нам!
Чу́дные подарки потекут рекой
И согреют душу снежною зимой!

Г. Дядина

Гирлянда

Заклинаний много разных
Знает Дед Мороз:
Для сугробов непролазных
В человечий рост,

Для больших сосулек колких,
Для сердитых вьюг, —
А зажечь огни на ёлке
Не выходит вдруг!

Расписал окно веранды,
Как искусный маг,
А вот ёлку без гирлянды
Не зажжёт никак.

Потому что без гирлянды,
Что ни говори,
Не сработает команда:
«Ёлочка, гори!»

Синий и красный

Синий Дед Мороз и красный —
Их на ёлке целых два,
И поэтому неясно,
Кто всей ёлке голова?

«Я! — уверен твёрдо синий. —
Борода моя длинней,
Это мой на ёлке иней
И звезда моя на ней!»

Машет посохом сердито
На собрата красный дед:
«На себя-то погляди ты!
И мешка-то даже нет!»

А игрушки взяли кружку
И на дедов воду льют,
А не то они друг дружку
Быстро вдребезги побьют!

Снегурка

Вот стеклянная фигурка
Улыбнулась вдруг —
Это всех гостей Снегурка
Созывает в круг!

Белку, зайчика и волка,
Мишку и лису.
Как гора, большая ёлка
Выросла в лесу!

Вон она какого роста!
Вширь — как баобаб!
Не обнять её так просто
Даже сотне лап!

Это кто ворон считает?
Ну-ка быстро в круг!
В хороводе не хватает
Ваших дружных рук!

В. Степанов

Снегурочка

У Снегурочки с утра
Новогодних дел гора:
Надо снежной бахромой
Ей украсить лес родной,

Для зверят пирог испечь
И фонарики зажечь,
А потом на праздник к детям
В золотой лететь карете!

Г. Дядина

Сова

Это старая игрушка,
Ей особенный почёт —
Прожила сова-старушка
Уж не счесть который год!

Словно дым от паровоза,
Жизнь у совушки длинна,
Даже Дедушку Мороза
Знала маленьким она.

Как припомнит всё, что было,
Так сдержать не может слёз:
«Ах, каким ребёнком милым
Был когда-то Дед Мороз!»

Рассказы и сказки

Морозко

Живало-бывало, — жил дед да с другой женой. У деда была дочка, и у бабы была дочка.

Все знают, как за мачехой жить: перевернёшься — бита и недовернёшься — бита. А родная дочь что ни сделает — за всё гладят по головке: умница.

Падчерица и скотину поила-кормила, дрова и воду в избу носила, печь топила, избу мела — ещё до свету... Ничем старухе не угодишь — всё не так, всё худо.

Ветер хоть пошумит, да затихнет, а старая баба расходится — не скоро уймётся. Вот мачеха и придумала падчерицу со свету сжить.

— Вези, вези её, старик, — говорит мужу, — куда хочешь, чтобы мои глаза её не видали! Вези её в лес, на трескучий мороз.

Старик затужил, заплакал, однако делать нечего, бабы не переспоришь. Запряг лошадь:

— Садись, милая дочь, в сани.

Повёз бездомную в лес, свалил в сугроб под большую ель и уехал.

Девушка сидит под елью, дрожит, озноб её пробирает. Вдруг слышит — невдалеке Морозко по ёлкам потрескивает, с ёлки на ёлку поскакивает, пощёлкивает. Очутился на той ели, под которой де́вица сидит, и сверху её спрашивает:

— Тепло ли тебе, девица?

— Тепло, Морозушко, тепло, батюшка.

Морозко стал ниже спускаться, сильнее потрескивает, пощёлкивает:

— Тепло ли тебе, девица? Тепло ли тебе, красная?

Она чуть дух переводит:

— Тепло, Морозушко, тепло, батюшка.

Морозко ещё ниже спустился, пуще затрещал, сильнее защёлкал:

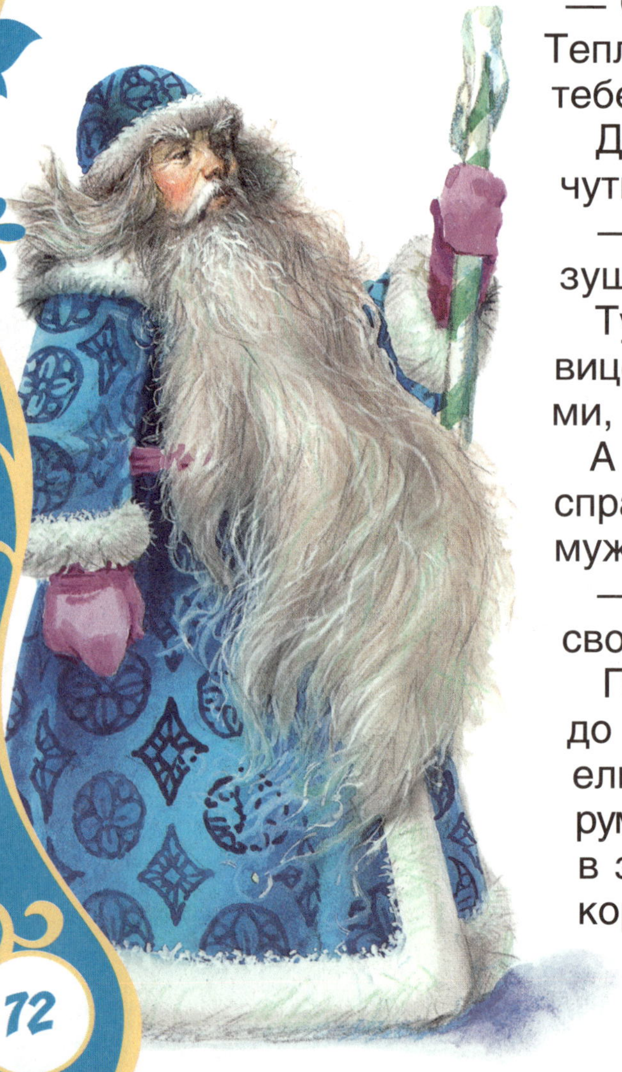

— Ой, тепло ли тебе, девица? Тепло ли тебе, красная? Тепло ли тебе, лапушка?

Девица окостеневать стала, чуть-чуть языком шевелит:

— Ой, тепло, голубчик Морозушко!

Тут Морозко сжалился над девицей, окутал её тёплыми шубами, отогрел пуховыми одеялами.

А мачеха по ней уж поминки справляет, печёт блины и кричит мужу:

— Ступай, старый хрыч, вези свою дочь хоронить!

Поехал старик в лес, доезжает до того места, — под большою елью сидит его дочь, весёлая, румяная, в собольей шубе, вся в золоте, в серебре, и около — короб с богатыми подарками.

Старик обрадовался, положил всё добро в сани, посадил дочь, повёз домой.

А дома старуха печёт блины, а собачка под столом:

— Тяф, тяф! Старикову дочь в злате, в се́ребре везут, а старухину замуж не берут.

Старуха бросит ей блин:

— Не так тявкаешь! Говори: «Старухину дочь замуж берут, а стариковой дочери косточки везут...»

Собака съест блин и опять:

— Тяф, тяф! Старикову дочь в злате, в серебре везут, а старухину замуж не берут.

Старуха блины ей кидала и била её, собачка — всё своё...

Вдруг заскрипели ворота, отворилась дверь, в избу идёт падчерица — в злате-серебре, так и сияет. А за ней несут короб высокий, тяжёлый. Старуха глянула — и руки врозь...

— Запрягай, старый хрыч, другую лошадь! Вези, вези мою дочь в лес да посади на то же место...

Старик посадил старухину дочь в сани, повёз её в лес на то же место, вывалил в сугроб под высокой елью и уехал.

Старухина дочь сидит, зубами стучит.

А Морозко по лесу потрескивает, с ёлки на ёлку поскакивает, пощёлкивает, на старухину дочь поглядывает:

— Тепло ли тебе, де́вица?

А она ему:

— Ой, студёно! Не скрипи, не трещи, Морозко...

Морозко стал ниже спускаться, пуще потрескивать, пощёлкивать:

— Тепло ли тебе, девица? Тепло ли тебе, красная?

— Ой, руки, ноги отмёрзли! Уйди, Морозко...

Ещё ниже спустился Морозко, сильнее приударил, затрещал, защёлкал:

— Тепло ли тебе, девица? Тепло ли тебе, красная?

— Ой, совсем застудил! Сгинь, пропади, проклятый Морозко!

Рассердился Морозко да так хватил, что старухина дочь окостенела.

Чуть свет старуха посылает мужа:

— Запрягай скорее, старый хрыч, поезжай за дочерью, привези её в злате-серебре...

Старик уехал. А собачка под столом:

— Тяф! Тяф! Старикову дочь женихи возьмут, а старухиной дочери в мешке косточки везут.

Старуха кинула ей пирог:

— Не так тявкаешь! Скажи: «Старухину дочь в злате-серебре везут...»

А собачка — всё своё:

— Тяф, тяф! Старухиной дочери в мешке косточки везут...

Заскрипели ворота, старуха кинулась встречать дочь. Рогожу отвернула, а дочь лежит в санях мёртвая.

Заголосила старуха, да поздно.

Снегурочка

Молчаливо застыл весь засыпанный снегом лес. Лишь изредка скрипнет вдруг на морозе веточка или осыплется сверкающим дождём снег с потревоженной синицей лапы ели… Казалось, нерушима его тишина, подобная вековечному волшебному сну.

Но что это?!

Кап. Кап. Кап-кап-кап! — бойко застучало с ветвей берёзы.

Как-кап-кап! — словно эхо откликнулось со стороны осины.

И даже сам старик-дуб не выдержал и начал оттаивать.

Плюх! — сорвалась с его заскорузлых ветвей огромная капля.

Мороз, как раз в ту пору проходивший мимо, нахмурился.

— Непорядок! — покачал он седой головой и стукнул о землю кованым резным посохом. Раз — и дуб весь покрылся ледяной корой. — Так-то лучше, — потёр руки Мороз, обернулся и… глазам своим не поверил! На оголившемся пригорке красовался наглый подснежник, лениво покачиваясь на хрупкой бледно-зелёной ножке. — Вот ведь выскочка! И кто тебя, спрашивается, в лес звал?! Ну погоди, сам напросился. Сейчас как заморожу! — Мороз уже поднял посох, но вдруг заметил чуть дальше, на соседнем пригорке, целых два подснежника!

Онемевший от гнева, старик огляделся. Что такое?! Весь лес был исчерчен проталинами, а тут и там на солнечных полянках белели первые подснежники!

— Что же это делается-то?! — пробормотал Мороз.

— Это весна! — ответил ему звонкий девичий голос, и на поляну вышла девушка.

На её голове красовался венок из первоцветов, а лёгкая шубка была украшена узором из листьев.

— Весна! — сердито откликнулся дед. — Так и знал, что это твои проделки. Но погоди у меня! Я ещё силён и смогу с тобой сладить!

— Нет, Мороз, — отвечала ему Весна. — Прошло твоё время. Пора и честь знать. Погостил-побуянил — и будет. Ступай-ка со двора!

— Рано радуешься, проказница, — погрозил кулаком старый Мороз. — Давай сперва искусство своё покажем. Сумеешь ли сделать такое?

Он взмахнул посохом, и в воздухе появился хоровод узорных снежинок. Всё быстрее кружились они, поднимаясь столбом до самого неба. Затем хоровод вдруг распался, и в центре его возникла девочка. Такая хорошенькая, что и не описать! Вот только не было в её чертах ни следа жизни, а губки и щёчки казались белыми, словно снег.

Усмехнулась Весна:

— Что же, старик. Хорошо сработал. Да я могу лучше. Красиво твоё создание, но ничего не стоит, пока нет в нём жизни! Я дарю жизнь и пробуждаю от зимнего сна. Смотри же!

Взмахнула она рукой, и зарозовели Снегурочкины губки, нежной краской налились её щёчки. Вздохнула она, пошевелила рукой и сошла со своего места.

— Ладно же, — отвечал старик Мороз. — Ещё не время судить, кто из нас сильнее. Давай отправим Снегурочку к людям да посмотрим, что из этого получится.

* * *

Тем временем в деревеньке, что у самого леса, в небогатом домишке сидели у окна старик со старухой. С завистью глядели они на улицу, где резвились, лепя снеговика, соседские дети.

— Ах, — вздохнула старуха, — послал бы нам бог ребёночка, то-то было бы радости! Будь у меня дочурка, ну хоть из снега, совсем иначе зажили бы!

— И то дело, — ответил старик, — да, видно, не заслужили мы такого счастья. Пойдём-ка лучше в лес. Хвороста наберём, печку натопим, блинцов румяных напечём.

Собрались они и пошли. Да только дошли до окраины леса, видят — девочка маленькая. Сама хорошенькая: глазёнки голубые, коса длинная, русая, шубка справная.

— Ах ты, родненькая! — всплеснула руками старуха. — Кто ж ты будешь и где родители твои? Чай, потерялась?

— Нет у меня родителей, — отвечала ей Снегурочка. — Меня из белого снега старик Мороз вылепил, а красавица Весна жизнь вдохнула.

— Пойдём с нами, дитятко, — сказал тут старик. — Уж мы тебя в обиду не дадим. Будешь жить у нас припеваючи!

Пошла со стариками девочка и стала у них в избе жить. Старики-то на Снегурочку не нарадуются, а она растёт себе не по дням, а по часам. Такая разумница да красавица, что во всей деревне лучше не найти. Да что там деревня — небось хоть до самой златокупольной столицы дойти — всё равно не сыщешь!

Только вот улыбалась она редко. Всё, бывало, сидит задумчивая. Девушки её на двор играть зовут, а она лишь головой в ответ покачает:

— Ступайте, подруженьки, а я на вас с крылечка полюбуюсь.

А как весна в свои права вступать стала, так совсем закручинилась. От ясного солнышка всё в избе прячется да песни грустные поёт.

Забери меня, Мороз,
Во студёный бор,
Скуй мне, матушка-зима,
Ледяной убор.
Половодью и весне
Всяк в округе рад,
Только грустно что-то мне.
Снег — меньшой мне брат.

Но весна-то не дремлет. Вот уже растаял снег даже в самых глубоких и тёмных оврагах да дальних перелесках. Зазеленела на полянах трава, распустились на деревьях первые клейкие листочки, загомонили вернувшиеся из дальних краёв птицы.

И на деревне радость. Девушки с парнями веселятся: хороводы водят, венки плетут, весну славят. А Снегурочка всё дома сидит, полотенце вышивает. А на том полотенце будто узоры морозные и ветви, снегом присыпанные, а на них — снегири красногрудые.

Посмотрит старуха на Снегурочкину работу да и вздохнёт

украдкой. Всем хороша приёмная дочь: и послушна, и скромна, и прилежна, да только как будто нет в ней тепла человеческого.

Раз пришли девушки в старикову избу и стали звать Снегурочку с собой.

— Пойдём, — говорят, — подруженька, с нами. За грибами да за ягодами. Весь день в лесу проведём. Вечером, как управимся, будем песни петь, хороводы водить, в весёлые игры играть. А с утра, едва рассветёт, подни-

мемся на крутую горочку да поклонимся в пояс красному солнышку, что по небу, точно яблочко по блюдечку, катается: и лелеет нас, и кормит, и тепло даёт!

— Милые подруженьки, — отвечала им Снегурочка, — пошла бы я с вами, да боюсь красного солнышка. Ведь оно совсем не знает жалости. Как станет припекать, жечь лучами-стрелами землю-матушку, не укрыться от него тогда, не спрятаться!

Услыхали это старик со старухою, и слова Снегурочкины их опечалили.

— Вот беда! Вот горюшко! — говорит старику старуха. — У всех дети весёлые да резвые, весне да красному солнышку радуются, знай себе играют-бегают по мягкой травушке, а наша-то доченька всё одна сидит, в избе укрывается, словно сыч-нелюдим. Что-то люди скажут?!

— Вестимо, жена, — вздохнул в ответ старик, — знать, недаром она из снега белого сделана. Не узнать ей радостей человеческих!

Поклонилась им тут Снегурочка в пояс:

— Не печальтесь, не кручиньтесь, батюшка с матушкой! Пойду я с подружками песни петь да хороводы водить.

Обрадовались девушки, взяли Снегурочку под белы рученьки и увели с собой.

А старик со старухой им на прощание наказывали:

— Берегите нашу доченьку. Одна она у нас такая красавица!

Вот набрали девушки грибов-ягод вдоволь и принялись песни петь, хороводы водить да в игры весёлые играть. Поглядела на них Снегурочка, и стало у неё на сердце немного радостней.

«Вот, — думает, — если бы и мне так резвиться с ними!»

Побежала она тогда во зелёный лес и стала громко кликать Весну-матушку:

— Весна-красна, матушка, ты мне жизнь дала, зарумянила мои щёчки нежные, в яркий цвет окрасила губки алые. Дай же мне сердце живое, человеческое! Хочется мне вместе с людьми радоваться!

Отвечал тут Снегурочке ласковый голос:

— Доченька моя, Снегурочка! Знаешь ли, о чём просишь ты? Тело у тебя из белого снега сделано. Коли будет у тебя сердце человеческое, заиграешься ты с подружками, позабудешь беречься солнышка. А оно может быть безжалостным! Как начнёт припекать, жечь стрелами землю-матушку, не укрыться тебе, не спрятаться!

До земли поклонилась Снегурочка и стала просить ещё жалостней:

— Весна-матушка, разве в том и прок, что живу я средь людей, словно сыч в лесу! Целыми днями в горнице укрываюсь! Как хотелось бы мне познать радость человеческую! Пусть на краткий миг, но стать как прочие!

— Что же, раз просишь ты, будь по-твоему, — отвечала ей Весна.

И тут в небе словно звёздочка вспыхнула. Понеслась она к земле и ударилась в грудь Снегурочке. Покачнулась Снегурочка, вздрогнула. И почувствовала вдруг, как забилось радостно в груди её сердце человеческое!

— Спасибо тебе, Весна-матушка! — крикнула она весело и побежала скорей туда, где шли игры да пляски весёлые.

Целую ночь продолжались гулянья. И была среди девушек Снегурочка веселее и красивее всех.

Но не вечна ночь. Вот уж утро близится. Зарумянился молодой зарёй небосвод. Поспешили тут девушки да парни на крутую высокую горочку, чтобы там поклониться в пояс красному солнышку и спасибо сказать за свет-тепло его.

Пошла с девушками и Снегурочка. До земли поклонилась она восходящему солнышку, но лишь коснулся её его первый луч, как вдруг обратилась она лёгкою дымкою и улетела куда-то к небу ясному.

Оглянулись девушки. Видят: нет среди них Снегурочки. Стали они её звать-искать, да так и не докликались.

* * *

— Ну что же, Весна, знать, твоя взяла, — покачал головой старик Мороз. — Не пожалела ты Снегурочку. Коли не подарила бы ты ей сердце человеческое, не случилось бы с ней эдакой напасти.

— Ты не прав, старик, — отвечала Морозу молодая красавица Весна. — Если бы не обрела Снегурочка сердце человеческое, так и осталась бы она снежной да холодной. А теперь есть у неё душа настоящая, вырвалась она из твоего плена стылого, стала свободною, словно птичка божия. Значит, нужно не печалиться, а радоваться!

В тот же миг защебетали вокруг птицы весело, закивали головками цветки лазоревые:

— С нами, с нами теперь Снегурочка! Вся земля весне да солнышку радуется!

М. Михайлов

Два Мороза

Гуляли по чистому полю два Мороза, два родных брата, с ноги на ногу поскакивали, рукой об руку поколачивали.

Говорит один Мороз другому:

— Братец Мороз — Багровый нос! Как бы нам позабавиться — людей поморозить?

Отвечает ему другой:

— Братец Мороз — Синий нос! Коль людей морозить — не по чистому нам полю гулять. Поле всё снегом занесло, все проезжие дороги замело: никто не пройдёт, не проедет. Побежим-ка лучше к чистому бору! Там хоть и меньше простору, да зато забавы будет больше. Всё нет-нет, да кто-нибудь и встретится по дороге.

Сказано — сделано. Побежали два Мороза, два родных брата, в чистый бор. Бегут, дорогой тешатся: с ноги на ногу попрыгивают, по ёлкам, по сосёнкам пощёлкивают. Старый ельник трещит, молодой сосняк поскрипывает. По рыхлому ль снегу пробегут — кора ледяная; былинка ль из-под снегу выглядывает — дунут, словно бисером её всю унижут.

Послышали они с одной стороны колокольчик, а с другой бубенчик: с колокольчиком барин едет, с бубенчиком — мужичок.

Стали Морозы судить да рядить, кому за кем бежать, кому кого морозить.

Мороз — Синий нос, как был помоложе, говорит:

— Мне бы лучше за мужичком погнаться. Его скорей дойму: полушубок старый, заплатанный, шапка вся в дырах, на ногах, кроме лаптишек, — ничего. Он же, никак, дрова рубить едет. А уж ты, братец, как посильнее меня, за барином беги. Видишь, на нём шуба медвежья, шапка лисья, сапоги волчьи. Где уж мне с ним! Не совладаю.

Мороз — Багровый нос только подсмеивается.

— Молод ещё ты, — говорит, — братец!.. Ну, да уж быть по-твоему. Беги за мужичком, а я побегу за барином. Как сойдёмся под вечер, узнаем, кому была легка работа, кому тяжела. Прощай покамест!

— Прощай, братец!

Свистнули, щёлкнули, побежали.

Только солнышко закатилось, сошлись они опять на чистом поле. Спрашивают друг друга: что?

— То-то, я думаю, намаялся ты, братец, с барином-то, — говорит младший, — а толку, глядишь, не вышло никакого. Где его было пронять!

Старший посмеивается себе.

— Эх, — говорит, — братец Мороз — Синий нос, молод ты и прост! Я его так уважил, что он час будет греться — не отогреется.

— А как же шуба-то, да шапка-то, да сапоги-то?

— Не помогли. Забрался я к нему и в шубу, и в шапку, и в сапоги, да как зачал знобить! Он-то ёжится, он-то жмётся да кутается; думает: дай-ка я ни одним суставом не шевельнусь, авось меня тут мороз не одолеет. Ан не тут-то было! Мне-то это и с руки. Как принялся я за него — чуть живого в городе из повозки выпустил! Ну, а ты что со своим мужичком сделал?

— Эх, братец Мороз — Багровый нос! Плохую ты со мной шутку сшутил, что вовремя не образумил.

Думал — заморожу мужика, а вышло — он же отломал мне бока.

— Как так?

— Да вот как. Ехал он, сам ты видел, дрова рубить. Дорогой начал было я его пронимать, только он всё не робеет — ещё ругается: такой, говорит, сякой этот мороз. Совсем даже обидно стало; принялся я его ещё пуще щипать да колоть. Только ненадолго была мне эта забава. Приехал он на место, вылез из саней, принялся за топор. Я-то думаю: тут мне сломить его. Забрался к нему под полушубок, давай его язвить. А он-то топором машет, только щепки кругом летят. Стал даже пот его прошибать. Вижу: плохо, не усидеть мне под полушубком. Под конец инда пар от него повалил. Я прочь поскорее. Думаю: как быть? А мужик всё работает да работает. Чем бы зябнуть, а ему жарко стало. Гляжу: скидает с себя полушубок. Обрадовался я. «Погоди же, — говорю, — вот я тебе покажу себя!» Полушубок весь мокрёхонек. Я в него забрался, заморозил так, что он стал лубок лубком. Надевай-ка теперь, попробуй! Как покончил мужик своё дело да подошёл к полушубку, у меня и сердце взыграло: то-то потешусь! Посмотрел мужик и принялся меня ругать — все слова перебрал, что нет их хуже. «Ругайся, — думаю я себе, — ругайся! А меня всё не выживешь!» Так он бранью не удовольствовался — выбрал полено подлиннее да посучковатее, да как примется по полушубку бить! По полушубку бьёт, а меня всё ругает. Мне бы бежать поскорее, да уж больно я в шерсти-то завяз — выбраться не могу. А он-то колотит, он-то колотит! Насилу я ушёл. Думал, костей не соберу. До сих пор бока ноют. Закаялся я мужиков морозить.

— То-то!

В. Голявкин

Когда споткнётся Дед Мороз

Шёл снег, а в снегу шли Деды Морозы. Они шли не спеша, оживлённо беседуя. Заполнив все улицы, шли Деды Морозы, и не было им конца и краю.

Снег кружился и блестел; если внимательно присмотреться, то можно увидеть мохнатые брови, длинные бороды. Только лиц совсем не видно, сколько ни присматривайся. Это только Деды Морозы могут так ходить, чтобы их лиц не было видно.

Но если внимательно прислушаться, то можно было услышать приглушённый говор, кашель, смех и как они шмыгают простуженными носами.

Каждый из Дедов Морозов нёс под мышкой подарок. Но этого уж, конечно, не было видно. Этого никогда не видно, хотя каждый раз в Новый год все Деды Морозы проходят по улицам всех городов с подарками.

Иногда, когда снег не идёт, Дедов Морозов вообще не видно. Даже бород и бровей не видно. Но это бывает редко. Потому что в новогоднюю ночь снег почти всегда идёт.

Каждый раз в Новый год поздно ночью в дом к мальчикам и девочкам заходит Дед Мороз, с которым они познакомились во сне. Ведь не может быть, чтобы ты никогда не встречался во сне с Дедом Морозом! Любой

мальчик, любая девочка встречаются во сне со своим Дедом Морозом — одни раньше, другие позже, но обязательно встречаются. А если дети находят подарок у своей кровати, но уверяют, что они никогда не встречались во сне с Дедом Морозом, то они просто этого не помнят. Непременно встречались. Раз утром нашли подарок у своей кровати. Откуда же он мог тогда взяться, сами посудите!

Так вот, во время одного такого новогоднего шествия один Дед Мороз споткнулся, выронил подарок, и очень хорошая детская игрушка, которую он нёс в подарок, сломалась об лёд, а конфеты и печенье рассыпались по снегу.

Ему некогда было идти за новым подарком: утро Нового года уже подходило, и он всё равно бы уже не успел. И этому Деду Морозу пришлось только потереть ушибленное колено и отправляться обратно к себе домой.

Он побрёл обратно печальный и расстроенный, потому что никак не мог выйти из своего положения.

Все Деды Морозы шли в одну сторону с подарками, а он шёл в другую пустой.

Это было, безусловно, печальное зрелище. Хотя этого никто не видел.

У него даже слёзы капали из глаз; ему было очень тяжело, что он не может принести подарок своему маленькому приятелю, с которым он познакомился во сне. Это был неудачливый Дед Мороз, как бывают и неудачливые люди. Но неудачливые люди не всё же время бывают неудачливыми. И Деды Морозы то же самое. Если он в этом году споткнулся, то не споткнётся же он опять в следующем году! И он твёрдо решил, что на следующий год он принесёт своему малышу не одну, а две игрушки, конфет и печенья в два раза больше.

Так что тот мальчик или девочка, которые, проснувшись, не нашли своего подарка, получат его непременно в следующем году. И притом в двойном размере.

Я никак не думаю, что этот Дед Мороз ещё раз споткнётся, да так неудачно. Если уж споткнётся, то какой-нибудь другой Дед Мороз. А может, никто не споткнётся.

Тогда всем будут подарки.

С. Козлов

Лесная оттепель

Ах, какая это была мягкая, тёплая оттепель!.. Кружились снежинки, и в лесу пахло весной. Ёжик сидел на крылечке своего домика, нюхал воздух и улыбался.

«Не может быть, — думал он, — что ещё вчера в лесу трещали деревья и сердитый Дед Мороз скрипел под окнами своими большими валенками, а сегодня его совсем нет! Где же он?»

И Ёжик стал прикидывать, куда мог спрятаться Дед Мороз.

«Если он влез на сосну, — рассуждал Ёжик, — то где-то под сосной стоят его большие валенки. Ведь даже Медвежонок не может влезть в валенках на сосну! Если он залез под лёд, — продолжал размышлять Ёжик, — то где-то на реке обязательно должна быть дырка, и из неё должен идти пар. Потому что Дед Мороз сидит в валенках на дне и дышит. А если он совсем ушёл из леса, я обязательно увижу его следы!»

И Ёжик надел лыжи и побежал между деревьями. Но ни под одним деревом не было валенок, на реке он не увидел ни одной дырки и нигде не нашёл никаких следов.

— Дед Мороз! — крикнул Ёжик. — Отзови-и-ись!..

Но было тихо. Только снежинки кружились вокруг и где-то далеко-далеко стучал Дятел.

Ёжик остановился, прикрыл глаза и представил себе красивого Дятла с красными пёрышками и длинным носом. Дятел сидел на верхушке сосны и время от времени откидывал голову назад, прищуривался и, будто рассердившись, стукал носом: «тук!» Брызгала сосновая кора и, мягко шурша, осыпалась в снег...

«Наверное, Дятел знает, где Дед Мороз, — подумал Ёжик. — Он сидит высоко, и ему всё видно».

И он побежал к Дятлу.

— Дятел! — ещё издали закричал Ёжик. — Ты не видел Деда Мороза?

— Тук-тук! — сказал Дятел. — Он ушёл!

— А где его следы?

Дятел свесил к Ёжику нос, прищурившись, посмотрел на него и сказал:

— А он ушёл без следов!

— Как же? — удивился Ёжик.

— А очень просто! Приплыло облако и опустилось низко-низко. Дед Мороз забросил сначала на него валенки, потом влез сам и уплыл...

— Куда? — спросил Ёжик.

— На Кудыкину гору. Тук-тук! — сказал Дятел.

И Ёжик, успокоенный, пошёл домой и по дороге представил себе заснеженную Кудыкину гору, по которой ходит, наверное, сейчас Дед Мороз и скрипит своими большими валенками.

С. Георгиев

Я спас Деда Мороза

Всё хранилось в большой тайне.

О том, что на утреннике Санька станет Оловянным солдатиком, знали трое: он сам, воспитательница Людмила Аркадьевна и бабушка.

Санька переоделся в укромном уголке, нацепил деревянную саблю, выглянул в зал... и тихо ахнул. В первый миг он не узнал никого!

В зале кружились сверкающие, почти невесомые снежинки, чинно расхаживали усатые мушкетёры, отплясывал барыню Кот в сапогах!

Саньку схватила за руку одна из снежинок, потянула в круг. Оказалось, это всё свои девчонки и мальчишки.

Отчего-то не было нигде только Костика, лучшего Санькиного друга.

Потом музыка смолкла, и почти совсем погас свет в зале. Но зато яркими огнями вспыхнула ёлка.

Появились Дед Мороз со Снегурочкой...

Про Костика Санька почти забыл.

И вот тут вдруг из-за ватного сугроба с жутким рёвом и свистом выскочил настоящий Змей Горыныч!

Снежинки бросились врассыпную, один из мушкетёров потерял шляпу, а Кот в сапогах, жалобно мяукая, забился в угол.

— Ого-го-го-о-о-о! — гаркнул Змей Горыныч таким голосом, что задрожала земля и тихо-тихо, жалобно зазве-

нели игрушки на праздничной ёлке. — Ого-го-го-о-о-о-о! Вот я вам всем зада-а-а-ам!

Змей Горыныч разинул пасть и выпустил такой столб огня и дыма, будто хотел изобразить паровоз.

Один только Оловянный солдатик не испугался страшного Змея Горыныча. Санька выхватил свою деревянную саблю и храбро бросился в бой!

— В атаку! — кричал герой, размахивая саблей прямо перед мордой Змея. — Вот тебе, получай, противный злодей!

Змей Горыныч не ожидал такого яростного отпора. Трусливо пятясь, он отступал, уворачиваясь от Санькиной сабли, а затем повернулся и вовсе бросился наутёк!

Тогда и мушкетёры вспомнили про свои шпаги, да было уже поздно!

— Спасибо тебе, солдатик, — просто сказал Дед Мороз.

Дед Мороз и Снегурочка стали раздавать подарки.

Санька огляделся по сторонам. Костика по-прежнему нигде не было.

Потом вновь зазвучала музыка.

Мушкетёры со снежинками образовали хоровод вокруг ёлки. Дед Мороз со Снегурочкой тоже встали в круг.

Оловянный солдатик подумал и решил попрыгать со всеми вместе.

Было весело и очень хорошо.

И вдруг Санька увидел Костика. Тот стоял в углу, без маскарадного костюма, в своих обычных шортиках и белой рубашке. И как-то странно смотрел на Саньку.

— Костя! — закричал Санька и бросился к другу. — Ну, где ты пропал?! Тут такое было! Я спас Деда Мороза! Ты бы видел!..

— Я видел, — тихим голосом отозвался Костик. — Ты ему здорово наподдал, этому противному Змею Горынычу.

— Да как же ты мог видеть? — удивился Санька. — Как ты мог видеть, когда тебя здесь не было?!

— Я всё видел. — Костик низко опустил голову. — Санька, извини, это я был... Змеем Горынычем... Так задумано, такая роль...

Грянул гром, и мир вокруг исчез. Не осталось ничего: ни музыки, ни ёлки с Дедом Морозом и Снегурочкой, ни Кота в сапогах, ни мушкетёров...

Остались одни только Костик и Санька. Они стояли друг против друга и смотрели теперь прямо в глаза.

— Ладно тебе, — сказал вдруг Санька и положил Костику руку на плечо. — Пойдём прыгать. Ведь Новый год всё равно наступил.

В. Голявкин

Как я встречал Новый год

Новый год в двенадцать часов приходил, а я в это время всегда уже спал. Прошло столько Новых годов! А я ни одного не видел. И мама, и тётя Вера встречали его, а я спал. Я всегда засыпал перед Новым годом. А просыпался утром, и мама мне дарила подарки и говорила: «Ну вот, Новый год!» Но я-то знал, что он ночью был. А сейчас его нету.

Я спрашивал маму:

— Ты его встретила?

Мама мне говорила:

— Встретила.

— И ты его видела?

Мама смеялась.

— Конечно видела!

— И папа видел, и тётя Вера?

Так мне обидно было!

Я представлял себе Новый год в большой шапке-ушанке и в валенках. Как на новогодней открытке. В двенадцать часов он стучится в дверь. И его все встречают. Все обнимаются с ним, хлопают по плечу Новый год и говорят: «Наконец-то приехал!» Он вытаскивает из мешка подарки, всё дарит, кому что надо, и говорит: «Я спешу. Меня ждут в других квартирах». Все провожают его до угла, потом возвращаются и идут спать. Вот так представлял я себе Новый год.

Как старался я не заснуть в Новый год! И каждый раз засыпал где попало. А просыпался всегда в кровати. И рядом были подарки.

Мой брат раньше меня встретил Новый год. Несмотря на то, что он младше меня. Он вот что сделал. Чтоб не заснуть, он залез под стол. Сначала он там, конечно, заснул,

а когда все сели за стол, стало шумно. И он моментально проснулся. И вы знаете, что он сказал мне? Он мне сказал:

— Его не было.

— Как так не было?! — сказал я.

— Очень просто.

— А ты там не спал под столом? — спросил я.

— Вот ещё! — говорит Котька. — Бой часов был, это верно. А Нового года не было. Как только все стали кричать: «С Новым годом!» — я вылез.

— Кого же тогда вы встречали?

— Новый год, — говорит Котька.

— Как же так вы его встречали? Разве так в жизни бывает? Если ты, например, меня встречаешь, то ты видишь, что ты меня встречаешь. А то как же ты меня встречаешь, если ты меня не встречаешь?

— Сам увидишь, — говорит Котька. — На будущий год увидишь. Никакого там Нового года не будет. Бой часов будет. А Нового года не будет.

— Наверно, ты спал под столом, — говорю, — и сквозь сон слышал бой часов. А Нового года не видел.

— Я не спал, — говорит Котька.

— Значит, спал, — говорю, — раз не видел.

— Ты сам спал, — говорит Котька.

— Я-то спал, — говорю, — но ты тоже спал. Только я спал в кровати, а ты — под столом. Лучше бы ты уж спал в кровати.

— Я не спал, — говорит Котька.

— Почему же тогда ты его не видел?

— Его не было, — говорит Котька.

— Ты просто спал, — говорю, — вот и всё!

На этом наш спор закончился.

Он обиделся и ушёл. И хотя он на меня обиделся, всё равно я думал, что он там спал и не видел Нового года с подарками.

Вот так я себе представлял Новый год, когда был совсем ещё маленький.

НАКЛАДНЫЕ
УСЫ
БУДИЛЬНИК
2 ПО
ЦЕНЕ 1
ЗОЛОТАЯ
РЫБКА
КАССА
9.50

Н. Щерба

Настоящее волшебство

Мороз всё крепчал.

Павлик стоял возле магазина сюрпризов и не решался войти. Ему даже пришлось надышать «окошко», чтобы рассмотреть красивую золотистую коробочку — тонкую, продолговатую, расположенную на самом видном месте витрины.

Наконец он вздохнул и решительно схватился за дверную ручку: тонко звякнул колокольчик, раздались его осторожные шаги.

— Здравствуйте, — тихо прошептал Павлик, приподнимаясь на цыпочках: прилавок оказался слишком высоким для него. — Дайте мне, пожалуйста...

Продавец скучающе вздохнул и вытащил из-за спины заветную коробочку, обёрнутую золотистой фольгой.

— Как вы узнали? — изумился Павлик.

Строгое лицо продавца подобрело.

— А кто торчал перед витриной два часа? — Он добродушно хохотнул и вдруг подмигнул: — Деньги-то есть?

Павлик смущённо кивнул. Он купил ровно четыре коробочки — для себя, сестрёнки и родителей.

Мальчик бежал по улице, счастливо прижимая к груди заветный пакетик с чудом, и фонари неслись ему навстречу, приветливо освещая путь. Он видел большую новогоднюю ёлку города, верхушка которой горделиво поднималась над низкими черепичными крышами центрального района. Скоро, скоро зелёная красавица засияет и для Павлика!

В коробочке лежали два радужных кружочка. Павлик даже расстроился — ничего необыкновенного.

— Ну, посмотрим, — сказал папа. — Оправдают ли эти штуки свою цену.

И первым надел волшебные линзы.

Мама торопливо последовала его примеру. Некоторое время родители стояли посреди комнаты с открытыми ртами, после радостно посмотрели друг на друга и одновременно хмыкнули.

Пока мама аккуратно надевала линзы пятилетней сестрёнке Павлика Алёнке, мальчик сам справился со своими линзами.

Мир вспыхнул яркими красками, закружил серпантином, бухнул в лицо пригоршней снежинок, взорвался радужным фейерверком!

В пустом углу комнаты появилась ёлочка и... запахла хвоей! Как настоящая! Ёлку увивали весёлые, подмигивающие огоньки гирлянд, на ветках крутились серебристые шары и висели конфеты в блестящих обёртках. Павлик подошёл и тронул одну из них — конфета тут же закачалась. Но когда он попытался её сорвать, у него ничего не вышло: рука прошла насквозь. Но даже это было здорово!

Алёнка радостно хлопала в ладоши: вокруг неё кружился хоровод маленьких фей с розово-золотистыми крылышками. Родители тоже преобразились: на папе был пиратский костюм с треуголкой и он, горделиво подбоченившись, лукаво поглядывал на маму, одетую Снегурочкой, и крутил свой пышный капитанский ус.

Павлик бросился к окну и наконец-то увидел то, что хотел.

За окном ехал на ледяных санях Дед Мороз в красно-белой шубе и пел знаменитую песенку про колокольчики густым, хрипловатым басом. Рядом сидела Снегурочка в беличьей шубке и рассыпала горстями разноцветное конфетти. Завидев мальчика, Дед Мороз подмигнул ему, а Снегурочка послала воздушный поцелуй. Даже олени, тянувшие праздничные сани, в знак приветствия мотнули мальчику рогатыми головами.

Павлик был счастлив.

До новогодней полночи оставалось всего три часа…

Далеко-далеко на Севере, среди высоких скал, в Снежном Замке шло заседание волшебников из разных земель. За столом, вытесанным из глыбы льда, сидели двенадцать снежных колдунов.

А на высоком троне тринадцатым восседал главный зимний волшебник. У него была самая длинная и самая белая борода в мире, поэтому его так и прозвали — Белая Борода. В руке он держал волшебный посох — символ Зимнего Волшебства.

— У нас в стране очень плохая ситуация, — вещал один из волшебников. — Люди закрыли глаза ужасными линзами и теперь наслаждаются фальшивым Новым годом! В нас не верят даже дети!

— Э-хе-хе, — вздохнул русский волшебник.

— Катастрофа, — вздохнул волшебник из Финляндии.

— Ужасно! — всплеснула ручками толстощёкая английская чародейница.

— Печально! — поддакнул тощий и грустный французский колдун.

— А сколько же там рекламы! — добавил от себя немецкий волшебник. — Причём уровень категорически превышен!

— Если в нас перестанут верить, мы растаем!

— Придётся искать новую Землю!

— Да! А с нами из мира уйдёт зима, холод, вьюга и снежный ветер!

Волшебники загомонили в один голос — поднялся ужасный шум! Даже сосульки на потолке задрожали, грозя осыпаться на головы взволнованных колдунов.

Белая Борода встал и, призывая к тишине, стукнул о землю посохом.

— Тише, коллеги! — строго произнёс он. — Не будем сотрясать воздух пустыми фразами. Давайте пригласим ребёнка и спросим: правда ли, что дети перестали верить в новогоднее волшебство?

Несмотря на мудрое предложение, за столом раздались смешки и даже несколько гневных восклицаний.

— А как мы узнаем, говорит ли этот ребёнок правду? — ехидно спросил немецкий волшебник. — А вдруг он соврёт?! Из вежливости!

Но Белая Борода уже принял решение.

— Мы попросим ребёнка загадать настоящее новогоднее желание. Давно известно, что людей выдают с головой их самые заветные мечты.

Предложение встретили одобрительным гулом: почти все волшебники закивали, кроме колдуна из Бельгии, но тот просто заснул.

— Эх, неужели опять придётся жечь костёр и изображать вместе с сыновьями двенадцать месяцев? — сказал русский волшебник и поёжился.

— Ну почему же, я могу вновь нарядиться Королевой, — гордо произнесла светловолосая волшебница из Норвегии. — И привезти мальчика или девочку сразу в замок...

— Ладно, — вздыхая, поднялся немецкий волшебник. — Я могу вновь обернуться деревянной ёлочной игрушкой...

Белая Борода поднял руку, призывая к тишине.

— Я думаю, — произнёс он, — надо послать Белого Зайца Чёрное Ухо найти ребёнка и пригласить к нам во дворец.

— Точно, его! — обрадовались волшебники. — Он приведёт ребёнка! Ура!

— Да кто же из детей решится пойти с зайцем, пусть даже таким умным и воспитанным, как наш Чёрное Ухо?! — Норвежская волшебница всплеснула руками. — Дети так пугливы!

Вновь поднялся шум, но тут же утих.

Белая Борода молча стукнул посохом о каменный пол — значит, решение было принято.

Павлику наскучило глазеть на фей, крутящихся вокруг сестры, и на Деда Мороза, нарезающего за окном тридцатый круг на своих санях. Мало того, на задке повозки мальчик заметил рекламный адрес и окончательно расстроился. Конфеты и шары на ёлке, которые даже потрогать толком нельзя, стали его раздражать. От запаха ненастоящей хвои тошнило. Павлик даже попытался пнуть зелёную ветку с ворохом дождика, но его нога опять прошла насквозь.

Родители были заняты приготовлением настоящей, к счастью, еды и о чём-то весело переговаривались на кухне. Сестрёнка, устав от впечатлений, заснула прямо на пушистом ковре. Феи по-прежнему крутились вокруг неё и в сотый раз обещали рассказать девочке «все новости самого дешёвого в мире магического магазина».

На мальчика никто не обращал внимания, поэтому он быстро оделся и вышел, тихо притворив за собой входную дверь.

В лицо пахнул приятный морозный воздух. Вдалеке сверкала огнями городская ёлка; по воздуху носились феи, гномы, эльфы — некоторые из них подлетали к мальчику и наперебой пытались рассказать о продающихся чудесах. Павлик даже подумал вернуться в квартиру. Но вместо этого, наоборот, изо всех сил припустил по улице.

Вскоре феи и гномы от него отстали. На одной из улиц за мальчиком погнался Санта-Клаус в синей шубе с белой оторочкой и что-то кричал ему по-английски.

От настырного волшебника спасла чаща городского парка, куда Павлик и нырнул, впопыхах провалившись в огромный сугроб.

Отряхнувшись и отплевавшись от снега, мальчик вылез на освещённую фонарями аллею и тут же увидел зайца в зелёном лыжном комбинезоне.

Зверь сидел на лавке, заложив ногу на ногу, и читал газету. Из-под вязаной шапки с помпончиком вылезало длинное чёрное ухо. У зайца были круглые очки, дужки которых круто уходили вверх, под шапку. А возле лавки стояли настоящие лыжи с палками. По-видимому, зайцевы.

— Всё, — сказал себе Павлик. — С меня хватит.

Он снял радужные линзы и забросил их далеко в снежные кусты.

Но заяц не исчез.

— Позволь спросить, — удивлённо сказал он, смешно двигая носом. — Что ты сейчас сделал?

— Странно, — в свою очередь изумился Павлик. — Я линзы снял, а вас вижу... Вы из какой фирмы?

Заяц хмыкнул — чёрное ухо смешно дёрнулось.

— Так, значит, — медленно произнёс он, кося на Павлика круглым тёмным глазом, — ты добровольно снял линзы? Отказался от новогоднего чуда? От волшебства, мальчик?

Павлику послышался в вопросе подвох. Да и сам разговор с зайцем казался ему нелепым. Мало того, мальчишке стало страшно.

Заяц уловил настроение собеседника.

— Ты что, боишься зайцев? — проницательно заметил он.

— Нет, только говорящих, — не растерялся мальчик. — Видите ли, мне никогда не приходилось разговаривать с зайцами.

— Ну что ж, теперь ты можешь этим хвалиться.

Павлик промолчал.

— Я вижу, ты храбрый ребёнок.

Заяц сложил газету — та сразу же исчезла. Павлик удивлённо моргнул.

— Не хочешь ли прокатиться в настоящий волшебный замок? Я приглашаю. Ты поможешь найти ответ на очень важный вопрос.

Конечно, идея Павлика заинтересовала. Но он был осторожным ребёнком, поэтому сказал:

— Родители запрещают мне куда-то идти с незнакомыми.

— А с незнакомыми зайцами? — Заяц прищурил тёмный глаз. — А?

Павлик опять промолчал. И вправду — насчёт зайцев указаний не было.

— А далеко этот замок?

— Пять минут на снежной машине, — ответил заяц. — Мало того, в благодарность я отвезу тебя домой... — И заяц назвал адрес Павлика.

Это обстоятельство почему-то окончательно убедило мальчика.

— Едем! — сказал он.

Заяц кивнул и поднялся со скамейки. После чего свистнул — громко, оглушительно, совершенно несолидно даже для говорящего зайца.

В тот же миг небо над городским парком прорезала яркая полоса. Павлик даже глазом не успел моргнуть, как перед ними затормозила большая и длинная, сверкающая морозным льдом машина. У этого автомобиля были две яркие синие фары, четыре колеса из белой резины и номерной знак, на котором красовалась надпись: «БелБор».

— Это машина главного зимнего волшебника по прозванью Белая Борода, — гордо произнёс заяц. — Вы, люди, называете его просто Дедом Морозом... Он разрешает брать машину только для особо важных поручений. — Заяц выпрямился, а его чёрное ухо встало торчком.

Вопрос вертелся на языке, и Павлик не выдержал:

— А разве Дед Мороз не ездит на санях?

— Конечно нет! — фыркнул заяц. — На машине гораздо удобнее.

— А куда же он складывает подарки? — не отступался Павлик.

— Для подарков есть отдельный поезд, — терпеливо объяснил тот, открывая переднюю дверцу.

— Так Дед Мороз всё-таки существует? — взбираясь на белое кожаное сиденье, задал Павлик главный вопрос.

На это заяц почему-то грустно вздохнул, прикрепил мальчика белым ремнём безопасности, после чего обежал машину и уселся на водительское место.

— Ну, трогаем! — И нажал босой лапой на газ.

Машина дёрнулась, сорвалась с места и тут же взмыла в небо не хуже сигнальной ракеты. От крутого виража у Павлика заложило в ушах и придавило к спинке сиденья. Но сердце забилось от восторга — пожалуй, с такой ездой не сравнится даже катание на американских горках.

Заяц не обманул: ровно через пять минут машина затормозила у третьего окна справа, ведущего прямо в Зал для волшебных заседаний.

Круглый стол из глыбы льда и двенадцать волшебников, с любопытством разглядывающих своего гостя, частокол острых сосулек на потолке, узорные ледяные витражи на стенах, радужные огни в светильных чашах и даже пол из прозрачного камня поразили Павлика до глубины души. Здесь всё выглядело таким волшебным и настоящим, что он тут же засомневался.

— Это всё взаправдашнее? — Мальчик ещё раз с интересом оглянулся. — Вы точно настоящие волшебники? А замок — он не искусственный?

Волшебники засопели так громко, словно рядом включили несколько сотен стиральных машинок.

— Мы пропали! — вдруг взвыл один из них и заломил руки в жесте отчаяния. — Они не верят!

И колдун разрыдался:

— Видит нас — и всё равно не верит!

— Это всё линзы ихние! — громко возмутилась норвежская волшебница. — Они детей с толку сбили!

— Безнадёжно... непоправимо...

Павлик смутился. Кажется, он сказал лишнее. И это очень обидело волшебников.

Но тут поднялся во весь рост Белая Борода.

— Здравствуй, Павлик, — добродушно произнёс он. — Спасибо тебе от всех нас, что согласился приехать. Мы должны решить один важный вопрос.

— А… какой вопрос? — вновь осмелел Павлик. Белой Бороды он совсем не боялся — волшебник выглядел большим, добрым и очень мудрым взрослым.

— Очень простой вопрос, — ласково и немного грустно произнёс Белая Борода. — Чтобы решить его, мы исполним одно твоё желание.

Все взоры устремились к нему. И Павлик опять растерялся.

— Любое желание? — робко уточнил он.

— Самое заветное, — уточнил и Белая Борода. — И что важно: самое заветное НОВОГОДНЕЕ желание. И никак иначе. Ты должен написать его.

Волшебник махнул посохом: перед Павликом появилась обычная школьная доска, а в руке — маленький кусочек мела.

— Подумай, не спеши... Это очень важно не только для тебя, но и для всех нас.

Круглый стол опустел. По-видимому, волшебники из деликатности решили оставить мальчика одного — чтобы не мешать.

— Думай, не спеши... — донеслось откуда-то из-под сосулек. — Думай...

Павлик глянул на пустую доску. В голове тут же закрутился мобильный телефон. А ещё — боксёрские перчатки, как у Витьки из соседнего дома... Или санки! Нет, лыжи, а ещё коньки и клюшка! А может, просто много сладостей — грузовик! Огромная машина, полная шоколадных плиток... Нет, это неловко желать. А может, новое сверкающее авто для папы или маме — огромный телевизор на стену. Или кукла для сестрёнки — говорящая... Но сердцем Павлик понимал, что это совсем «не те» желания, какие-то не новогодние... Перед глазами закрутились феи с розовыми крылышками, Снегурочка и Дед Мороз на санках — ненастоящие, фальшиво-радостные.

И вдруг придумал.

«Хочу, — высунув от усердия язык, начал писать Павлик, — чтобы... Новый год снова стал настоящим!»

И, подумав, быстро дописал внизу: «То есть волшебным!»

В ту же минуту в Зале поднялась снежная вьюга, закрутила мальчика и перенесла домой — пока родители не заметили его отсутствия.

А двенадцать волшебников вновь окружили стол из глыбы льда. Их лица сияли от счастья, удивления и восторга. И даже колдун из Бельгии не спал и радостно улыбался.

— Ну, дорогие чародеи, — радостно произнёс Белая Борода, — хватит заседать, у нас много работы!

Содержание

Стихи и песенки

Рассказы и сказки

Литературно-художественное издание
Для среднего школьного возраста
Серия «Все лучшие сказки»

ВСЁ ПРО ДЕДА МОРОЗА И СНЕГУРОЧКУ
Стихи, сказки

Художники: Е. Володькина, А. Гардян, О. Громова, О. Дмитриева, Л. Еремина,
Е. Комракова, В. Коркин, Е. Кузнецова, Н. Салиенко, Е. Селиванова, М. Федотова

Дизайн обложки В. И. МИТЯНИНОЙ

Ответственный редактор П. П. ЛЕМЕНИ-МАКЕДОН
Художественный редактор М. В. ПАНКОВА
Технический редактор А. Т. ДОБРЫНИНА
Корректор Ю. И. КОЖЕМЯКИНА
Верстка С. В. ПИМЕНОВОЙ

Подписано в печать 10.07.17. Формат $84\times108\ ^{1}/_{16}$.
Бумага офсетная. Печать офсетная. Усл. печ. л. 13,44.
ID 32963. Заказ № 3415.

ООО «РОСМЭН».
Почтовый адрес: 127018, г. Москва,
ул. Октябрьская, д. 4, корп. 2.
Тел.: (495) 933-71-30.
Юридический адрес: 117465, г. Москва,
ул. Генерала Тюленева, д. 29, корп. 1.

Наши клиенты и оптовые покупатели могут оформить заказ,
получить опережающую информацию о планах выхода изданий
и перспективных проектах в Интернете по адресу: **www.rosman.ru**

ОТДЕЛ ПРОДАЖ:
(495) 933-70-73; 933-71-30;
(495) 933-70-75 (факс).

Дата изготовления: август 2017 г.
Отпечатано в России.

В соответствии с Федеральным законом № 436-ФЗ
от 29 декабря 2010 года маркируется знаком 0+

Отпечатано с электронных носителей издательства.
ОАО "Тверской полиграфический комбинат". 170024, г. Тверь, пр-т Ленина, 5.
Телефон: (4822) 44-52-03, 44-50-34, Телефон/факс: (4822)44-42-15
Home page - www.tverpk.ru Электронная почта (E-mail) - sales@tverpk.ru